校園裡的小妖怪❻
黑洞掃具櫃

齊藤 洋・作　　宮本悅美・繪　　伊之文・譯

百
百
百
百
百
百

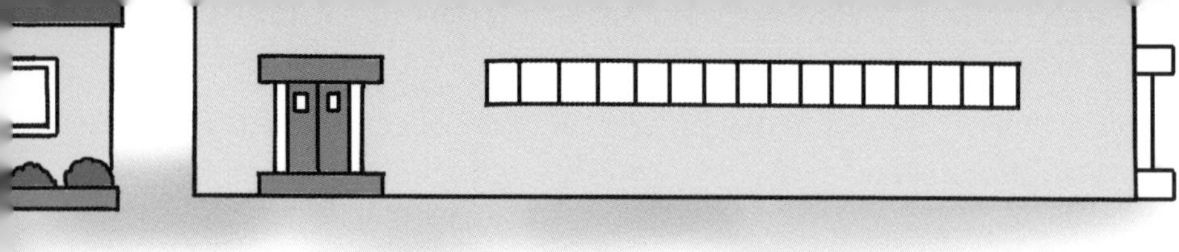

黑色畫線筒

在操場上畫線的器材，叫做「畫線筒」。
一般來說，只要雙手握住畫線筒的握把，
推著它前進，就可以在地板上畫出白色的線。

但是，假如有人不小心使用了小妖怪「黑色畫線筒」，地上畫出來的線就不是白色，而是黑色！

萬一操作者沒有發現，連續畫出了一公尺以上的黑線，會發生什麼事呢？事情比你想像的嚴重很多！

老師等一下！線怎麼是黑色的？
咦？怎麼會？

操作者的手會黏在握把上，無法放開，而且畫線筒還會拉著他向前衝，停不下來！到了這個地步，他只好跟著黑色畫線筒不停往前跑，而且速度越來越快，最後穿越操場、衝出校園！

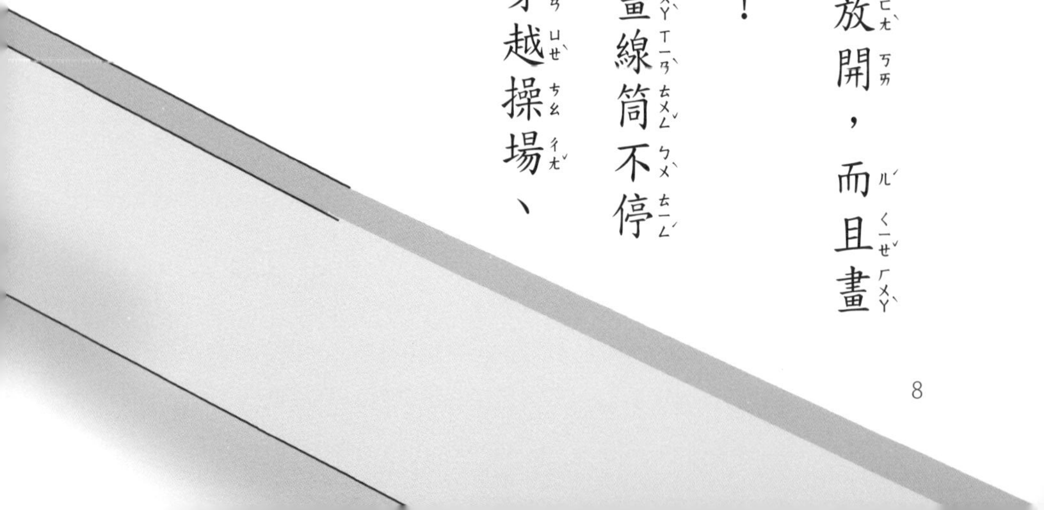

黑色畫線筒在馬路上橫衝直撞，速度快到連警用重型機車都追不上，它甩開警察之後便揚長而去。

那被帶走的人怎麼辦？他再也回不來了……

由於地上的黑線會在半路中斷，所以也無法追蹤他們的去向。

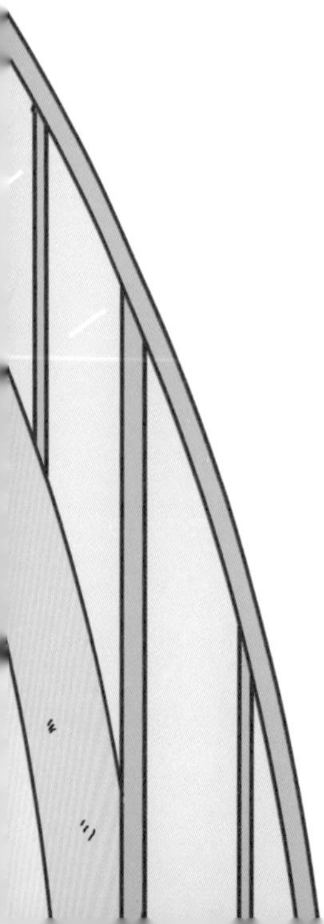

前方的黑色畫線筒，你超速了，快點停下來！
救命啊！我停不下來！

他們究竟去了哪裡？不知道……因為從來沒有人平安回來過。

如果不想遇到這種可怕的事，使用畫線筒時，請記得停下來回頭確認一下，地上畫出來的是白線，才能繼續使用。

黑色畫線筒逃到山裡了，
請立刻派人過來支援！

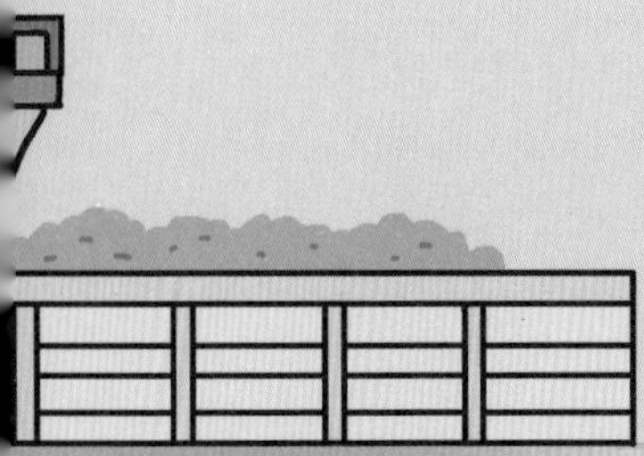

萬一畫出來的是黑線怎麼辦？這時只要對著黑色畫線筒念咒語三次：「別畫線，快退場，別糾纏，請回鄉！」它就會沮喪的離開。

可惡，這些小學生是「小妖怪系列」的忠實讀者，看來我只好跑去還沒買小妖怪的學校了！

天花板婆婆

上課時間，有位小學生突然感覺頭頂上毛毛的，好像有一道視線看向自己……

他忍不住抬頭一看，竟然有一位身穿灰色和服的老婆婆，倒掛在教室的天花板上！

百
百
百
百
百
百
百

她就是小妖怪「天花板婆婆」。這位小學生嚇了一大跳，趕緊告訴前面的同學，可是其他同學卻什麼也沒看到，因為只有坐在正下方的人，才看得見天花板婆婆。

小妖怪和鬼魂
多洗手
那兩位同學，上課不准聊天！
你在說什麼？上面沒有人啊！

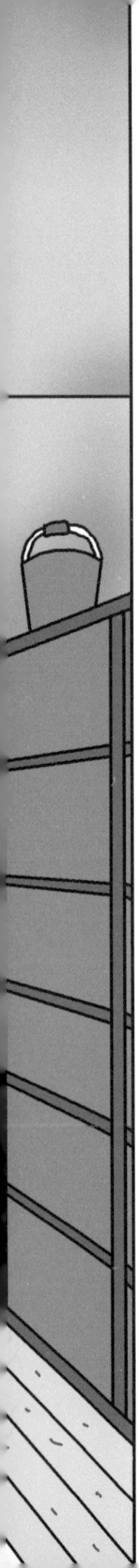

一旦天花板婆婆跟某個學生對到眼了，她就會一整天跟著他，從上方俯瞰這個人，直到放學為止。只要一走出校園，就能擺脫天花板婆婆。她不會跟小學生一起回家，大可放心！

她怎麼還在……

隔天一早，請安心的去上學。

因為每個人的一生中，只可能會遇到一次天花板婆婆。

別怕！她不會害人，而且還有好處喔！只要學生看到天花板婆婆，隔天的考試就能每科都考一百分呢！

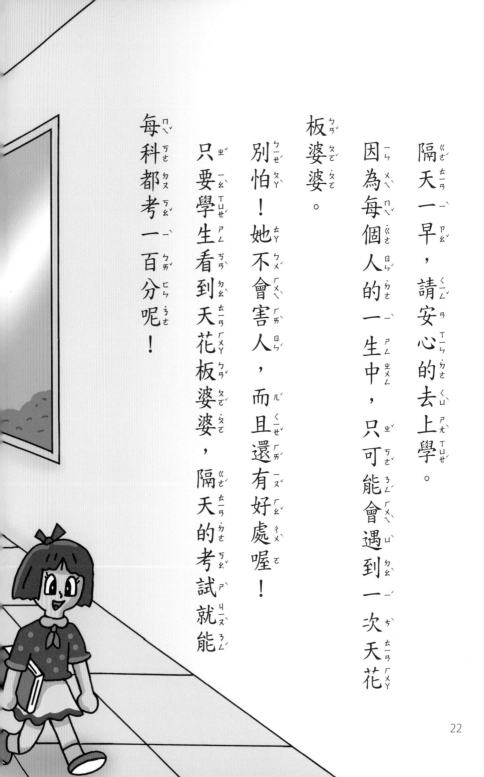

那個婆婆不會再回來了嗎？

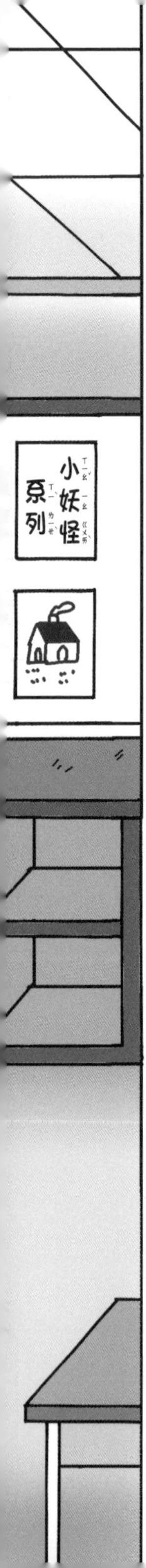

黑洞掃具櫃

如果掃具櫃裡沒有保持整潔，隨便亂丟打掃用具，櫃子可能會神不知鬼不覺的變成小妖怪「黑洞掃具櫃」。

萬一有人打開櫃子的門，會發生什麼事呢？

好煩喔！我不想當打掃的值日生啦！
飯糰
魔鬼

櫃子裡空無一物，真的什麼也沒有，因為裡頭變成了一個黑洞，只有伸手不見五指的黑暗……只要有人打開櫃子，就會瞬間被吸進去，再也無法回來學校。

吸——
到底怎麼回事！

到了隔天，黑洞掃具櫃就會變回普通的掃具櫃。

但是當其他學生打開櫃子，會發現裡面多了一支從來沒看過的拖把……

只要每天維持掃具櫃的整潔，就不會落得這種下場了！

飯糰

圖書館的舒本小姐

當有年輕帥哥老師獨自在圖書館裡閱讀時，可能會有一位大美女向前搭訕，她留著一頭烏黑的秀髮。

老師，別再看這種童書了，要不要跟我一起看成人讀物呢？
請大家愛惜書本！

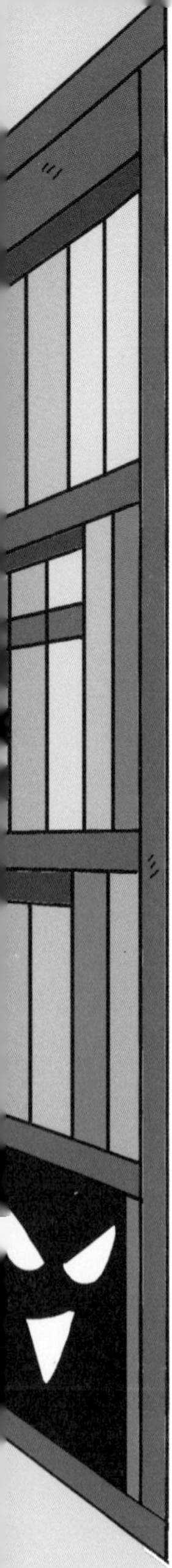

這位美女其實是小妖怪「圖書館的舒本小姐」。帥哥老師千萬不能答應美女的邀約，心中也不可以動了一絲邪念。

如果老師開心的跟她走了……

舒本小姐帶著帥哥前往圖書館的角落，然後突然翻開她手上的書本。

說時遲那時快，帥哥老師整個人瞬間被吸進那本書裡，沒有留下任何痕跡。

吸

吸走帥哥老師之後，舒本小姐就會吃掉那本書，大快朵頤一番，並滿足的離開圖書館，嘴巴喃喃自語……

你就在我的肚子裡看成人讀物吧！
書名叫做《陰間啟示錄》，
這本書最適合你了！
圖書館

如果帥哥老師遇到舒本小姐，只要不被誘惑，直接拒絕她：「謝謝你的邀請，但是閱讀，是我與自己獨處的最佳時光！」舒本小姐聽到後，就會惱羞成怒的離開。

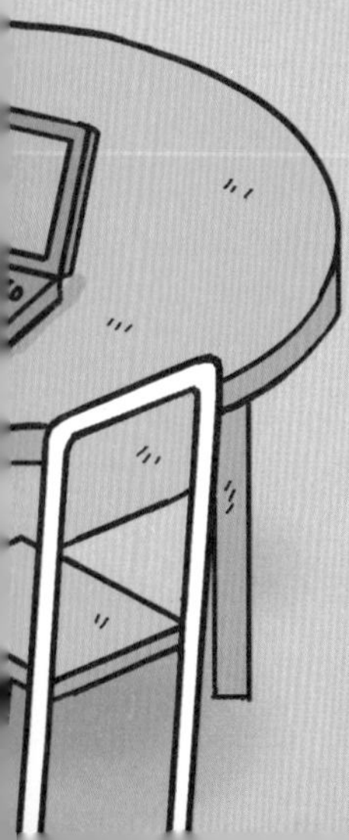

你長這麼帥，卻偏偏選擇與書為伴，
簡直是英雄無用武之地*！
*英雄無用武之地：意思是
有長處卻無法好好發揮。

舒本小姐對小孩和女性不感興趣，所以他們在圖書館很安全。

長相平凡或資深的男老師，也不是她的理想對象，所以不會遇到她。

看來，小學圖書館不太適合動手。老師未必都是年輕帥哥，大學圖書館應該比較多目標……

超環保苦瓜

春天來臨時，如果在教室的窗戶外面種下苦瓜的幼苗，到了夏天，苦瓜就會長得很茂盛，形成一片純天然的綠色窗簾，不僅能夠節省冷氣的電費，還非常環保！

此外，大家還能將種出來的苦瓜帶回家，好好享用。

到了晚餐時間，很多家庭的餐桌上，都會出現「雜炒苦瓜*」這道料理，並吃得很開心！

前提是……種在校園裡的苦瓜幼苗，是一般的苦瓜。

*雜炒苦瓜：將苦瓜和豆腐等材料一起炒的日式沖繩料理。

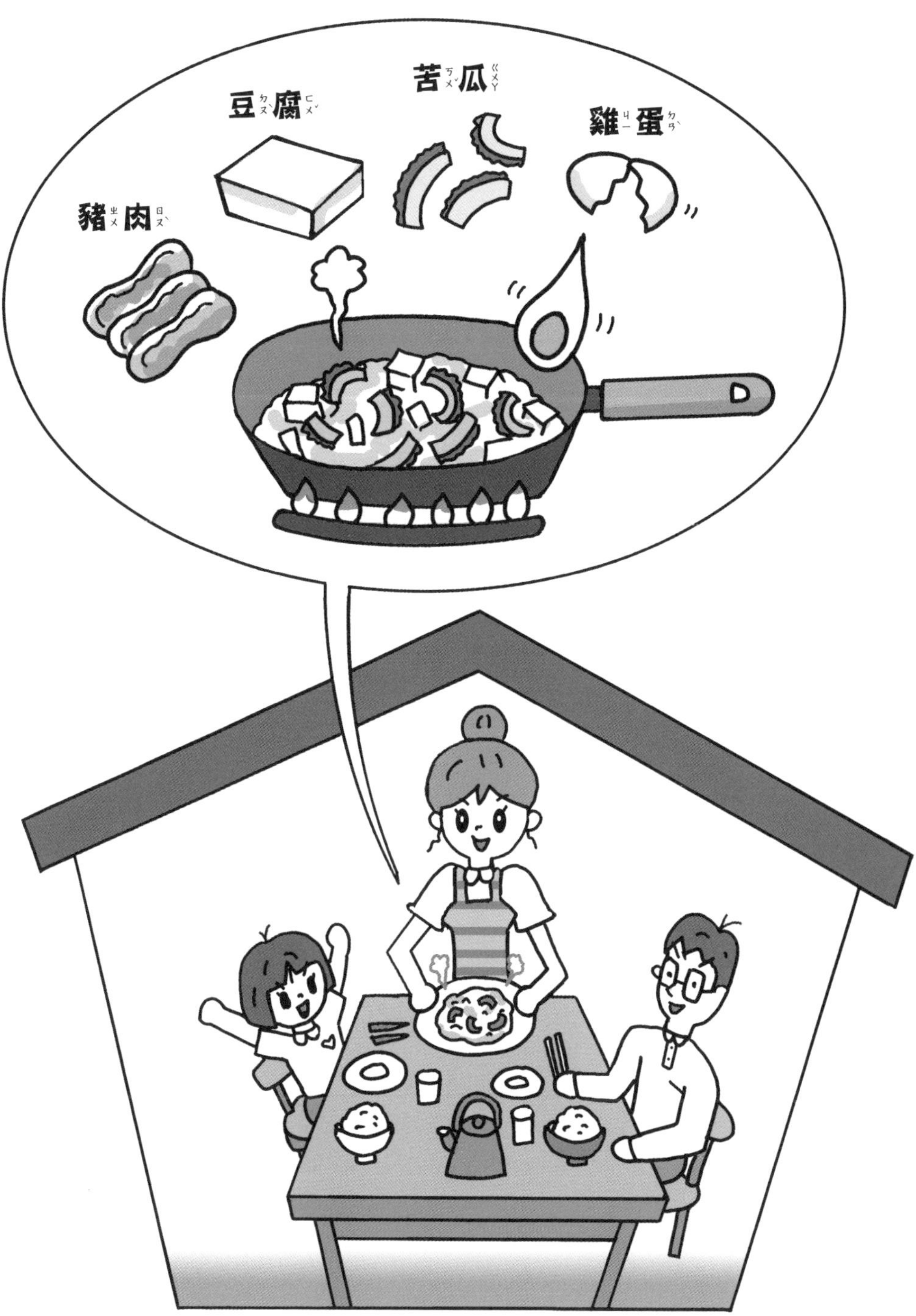
豬ㄓㄨ肉ㄖㄡˋ
豆ㄉㄡˋ腐ㄈㄨˇ
苦ㄎㄨˇ瓜ㄍㄨㄚ
雞ㄐㄧ蛋ㄉㄢˋ

假如種在校園裡的幼苗是小妖怪「超環保苦瓜」，會怎麼樣呢？

超環保苦瓜生長異常茂密，它的藤蔓、葉子和花朵，能在短時間內迅速蔓延，覆蓋住這間教室的所有窗戶。

整株植物堅硬無比，用電鋸也無法鋸斷。

啊！鋸子斷了！
啪嘰！

還不只這樣呢！超環保苦瓜還具有驚人的保冷效果，即使不開冷氣，整間教室依然冷得像冰箱一樣。

這下子，夏天不僅不用開冷氣，甚至還想開暖氣呢！

眼淚
小妖怪
白飯
花子

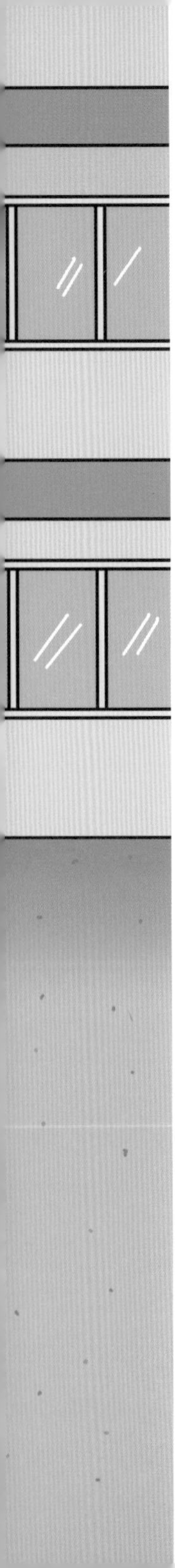

過沒多久，超環保苦瓜還會長出很多果實，但就算想摘也摘不下來！

更奇怪的是，超環保苦瓜覆蓋的範圍只有那間教室，它的藤蔓不會延伸到二樓，也不會擴大到隔壁的教室。

就算夏天結束、秋天來臨，超環保苦瓜的枝葉
也不會枯萎。
直到十月三十一日的傍晚，超環保苦瓜的果實
表面，會自然而然的出現破洞，挖洞的位置和形
狀，就像是眼睛、鼻子和嘴巴……

不只如此，那些坑洞還會發出光芒，就像是萬聖節的南瓜燈！

太陽下山之後，超環保苦瓜在黑夜裡閃閃發光，好漂亮啊！

而且，這些燈飾不需要插電就會亮，還真的是百分之百環保呢！天亮之後，超環保苦瓜就會整片徹底消失，不再作怪了。

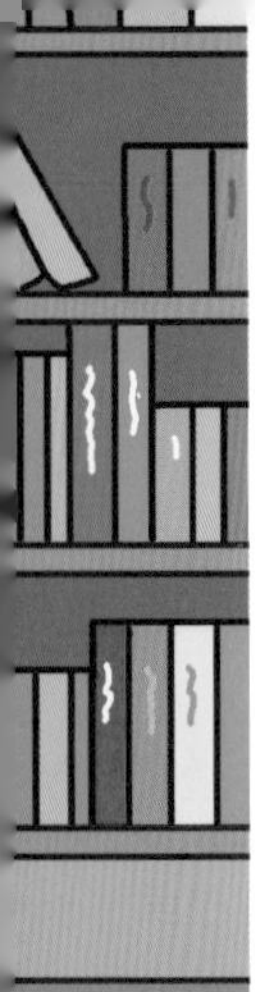

小妖怪社團

升上中高年級之後，有些小學生可以加入各式各樣的社團，參與校內事務。例如：閱讀推廣社、愛護動物社、身體保健社、廣播社等。

小妖怪系列超好看！我們要讓更多人知道。
校園裡的小妖怪
家裡的小妖怪
大貓熊

在一些老舊的校園裡，除了有小學生社團之外，可能還有「小妖怪社團」。小學生常會利用午休時間舉行社團會議，而小妖怪則是在放學後的夜晚開會。

如果放學不直接回家，從窗戶外偷看小妖怪開會的話……

第四千四百四十四次的小妖怪會議開始！
小妖怪社團

咚ㄉㄨㄥ！

想加入我們嗎？只要成為小妖怪，你們也能成為社員喔！

哇！快逃啊！

如果小學生不想變成小妖怪，只要放學後，不要隨便偷看小妖怪開會就沒事了。

而且對低年級的同學來說，現在加入社團好像有點早……

不留下來嗎？隨時歡迎
小學生加入喔～

小妖怪社團今晚的開會議題是……
報告團長，上次有兩個小學生跑來偷看，要不要讓他們加入小妖怪社團呢？
小妖怪

好啊！我今天半夜就去那兩戶人家的廁所，親自邀請他們！

免試手扶梯

假如校園裡的樓梯旁邊，突然出現一座手扶梯，搭乘處附近還架有一塊奇怪的告示牌，它就是小妖怪「免試手扶梯」。

本手扶梯通往不用考試的世界，
歡迎搭乘，到死免試！

學生看了很興奮，心想：「太好了，居然一輩子都不用考試，這樣的話，就算我都不念書，也能輕輕鬆鬆的畢業了！」

如果有人得意忘形的搭上免試手扶梯，後果可不堪設想……

他很快就會明白，「到死免試」的真正含義。
因為免試手扶梯通往陰間，一旦搭乘了，便從
人生中畢業，永遠不再回來……

不用考試就能畢業真好！

大家別被「免試」這兩個字吸引了，畢竟校園裡突然出現手扶梯也很詭異，所以最好無視這座妖怪手扶梯。

人生有起有落、有苦有樂，只要你有足夠的毅力，面對任何考試都沒問題啦！

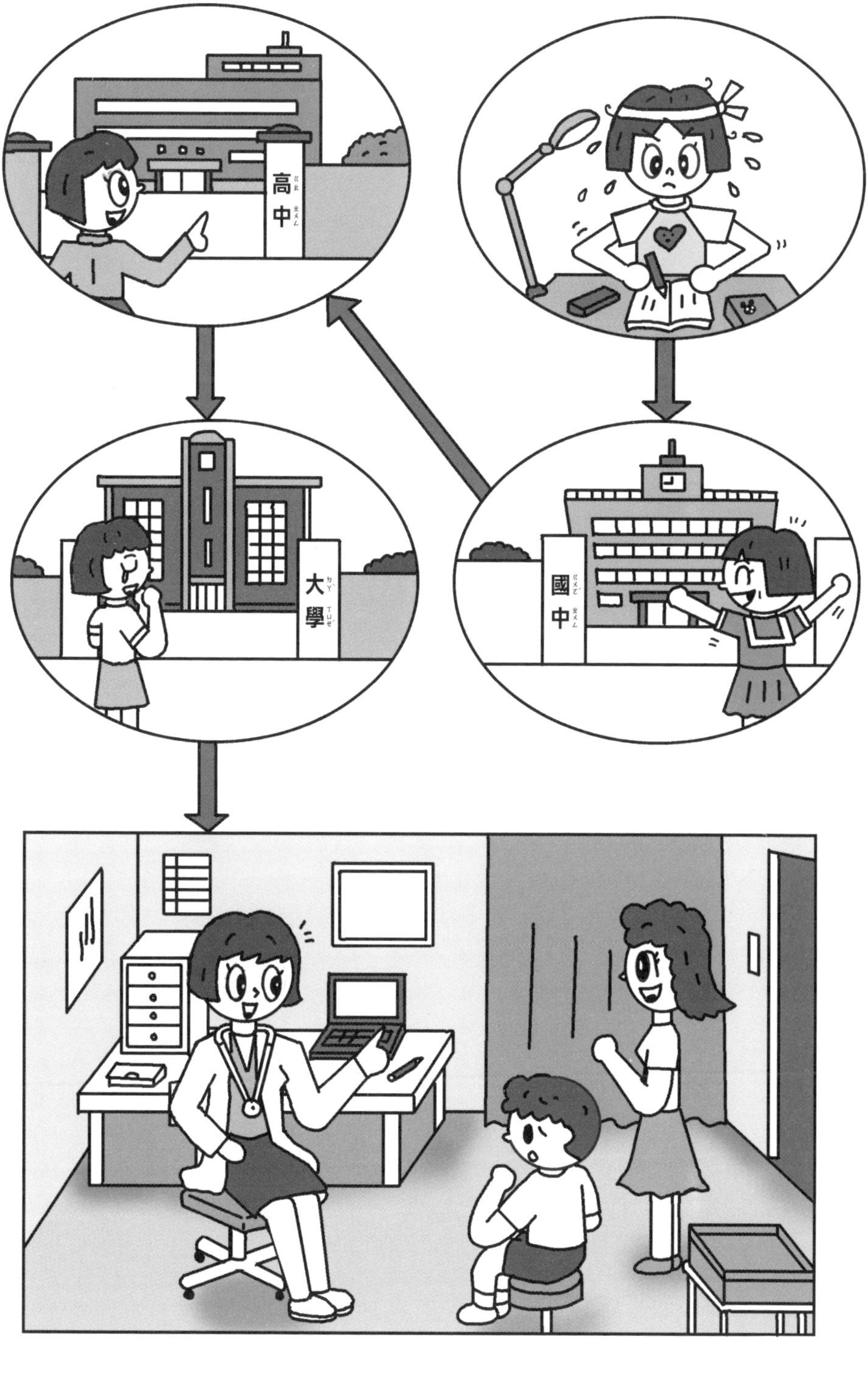
高中
國中
大學

作者・齊藤　洋

出生於東京。主要的作品有《日本小妖怪》、《企鵝》、《黑貓魯道夫》等系列。

假如花子出現在家裡的廁所，絕對要堅定的拒絕她！

繪者・宮本悅美

出生於大阪。主要的作品有《高麗菜偵探》等系列。

太陽還沒下山，鬧鬼的那間廁所，電燈卻自動亮起……

好可怕啊！

小妖怪系列

有一點恐怖，但是超好看的啊！

海洋裡的小妖怪

森林裡小妖怪

城市裡的小妖怪

校園裡的小妖怪 ❶

小妖怪大圖鑑
精選全書系186隻小妖怪

交通工具小妖怪

醫院裡的小妖怪 ❶
妖怪救護車

校園裡的小妖怪 ❷
一日轉學生

校園裡的小妖怪 ❸
打不開的教室

持續出沒！

公園裡的小妖怪 ❶
隱形尿尿小童

校園裡的小妖怪 ❹
被拋棄的書包

家裡的小妖怪 ❶

動物界的小妖怪

家裡的小妖怪 ❷
幽靈電話

餐廳裡的小妖怪
迴轉過頭壽司店

運動場的小妖怪 ❶

運動場的小妖怪 ❷
撐竿彈簧棒

餐桌上的小妖怪
阿飄冰沙樂

校外教學小妖怪
夢幻觀光工廠

都市傳說小妖怪 ❶
吐舌飲料罐

都市傳說小妖怪 ❷
刷牙千次怪

小學生的小妖怪
睡過頭時鐘

大都會的小妖怪
幽靈鐵塔

四季的小妖怪
南瓜小女孩

醫院裡的小妖怪 ❷
萬能醫生

公園裡的小妖怪 ❷
人臉獨角仙

家裡的小妖怪 ❸
妖怪電視

校園裡的小妖怪 ❺
妖怪入學典禮

家裡的小妖怪 ❹
鞋櫃寄生蟲

城市裡的小妖怪 ❷
黑漆漆人孔蓋

旅行的小妖怪
紀念品老公公

校園裡的小妖怪 ❻
黑洞掃具櫃

祭典的小妖怪
人臉棉花糖

國家圖書館出版品預行編目資料

校園裡的小妖怪 6：黑洞掃具櫃／
齊藤洋 文；宮本悅美 圖；伊之文 譯.
-- 初版. -- 臺北市：三采文化，2025.2
-- 面；公分. --（小妖怪系列）

ISBN 978-626-358-561-4（精裝）

861.599　　113017646

suncolor 三采文化

【小妖怪系列 31】

校園裡的小妖怪 ❻：黑洞掃具櫃

作者｜齊藤 洋　繪者｜宮本悅美　譯者｜伊之文
兒編部總編輯｜蔡依如　責任編輯｜吳僑紜
美術主編｜藍秀婷　美術副主編｜謝孃瑩　封面設計｜李蕙雲　美術編輯｜李莉麗
行銷統籌｜吳僑紜　版權協理｜劉契妙

發行人｜張輝明　總編輯長｜曾雅青　發行所｜三采文化股份有限公司
地址｜台北市內湖區瑞光路 513 巷 33 號 8 樓
傳訊｜ TEL: (02) 8797-1234　FAX: (02) 8797-1688　網址｜ www.suncolor.com.tw
郵政劃撥｜帳號：14319060　戶名：三采文化股份有限公司
本版發行｜ 2025 年 2 月 7 日　定價｜ NT$300